Litterarum virus

Laurent POLIQUIN

Litterarum virus

NOUVELLES

[PRIMO MOBILE]

SAINT-BONIFACE

© Primo Mobile éditeur, 2016.
primomobile@live.fr
WWW.LAURENTPOLIQUIN.ORG
ISBN 978-2-9813095-3-2

Oui, tout est néant
passage, vapeur, silence
cependant

Kobayashi Issa

LE CHEMIN DE LA DÉCONFITURE

I

JE N'AFFIRMAIS DÉJÀ PLUS mes vingt-trois ans. On m'en accordait davantage depuis que j'avais terminé la maîtrise, mais déjà les signes de la vieillesse pendaient à la bedondaine. Je rêvais d'enseignement à un âge où l'on n'ose guère faire confiance. Ni trop vieux ni trop jeunes, les employeurs savaient me servir leur boniment : « Monsieur Marchamps, je vous tiens au courant et je vous reviens avec une réponse dès la semaine prochaine. » Combien de fois dans une vie peut-on vous servir pareille rengaine?

Seuls quelques mauvais films imitant de mauvaises publicités font intervenir l'embauche immédiate, passionnée et faussement vraie.

II

Guillaume était plus âgé. Famille. Mariage. Enfant. Il avait connu tout cela jusqu'au divorce, mais son véritable bonheur tenait à deux choses : son travail en librairie et sa pipe. Un désenchanté des écoles, ni décrocheur ni licencié, il avait eu le courage de quitter le petit monde de l'à-peu-près, celui qui ramène au sempiternel pourquoi de la connaissance. Une seule réponse qu'il n'osait plus toussailler à toute heure du jour aux adolescents mal renfrognés : fumer légèrement des questions qui se consument. Ni une ni deux, il ouvrit sa boutique de livres usagés, qu'il nomma à la manière d'un restaurant belge : « L'histoire sans faim ».

III

Saint-Boniface avait alors des allures de vieille dame : l'été, elle souffrait de chaleur; se grattant, se piquant, l'air vicié du bitume lui montait à la nuque. L'hiver, elle le passait dans son intérieur; silencieuse sous les bavardages frileux de sa télévision. La rue Marion s'étalait comme une mèche noire oubliée là un soir de beuverie de jeune vingtaine. Depuis les poux y circulent plus rapidement, sans y voir la beauté d'autrefois. Guillaume s'en plaignait parfois. Ouvrir une librairie de livres usagés dans le secteur, ou se mettre dans la mire d'un plaisantin armé d'un dentier à l'autre rue Main un soir de malchance, c'était pareil. La balle de l'indifférence vous attend bien avant l'heure. Mais sympathique à la cause, je n'avais pas le choix de m'y présenter pour solliciter un peu de travail. Et puis Guillaume était aussi poète.

IV

La devanture de la boutique valait plus de vingt minutes d'observation... pas plus et c'était déjà beaucoup, de peur qu'un rapace vienne y acheter le seul exemplaire d'un livre longuement recherché. Les livres s'étalaient dans la vitrine bien jasante. Duplessis n'était pas d'accord avec son auteur Black. Un tiraillement enfantin se jouait entre Lévesque et Trudeau, l'un rappelant à l'autre que le soi-disant enfer de la souveraineté est plus chaleureux que le paradis d'un multiculturalisme décharné. Un Bissoondath posant fièrement sur une couverture se disait d'accord. Seul le pauvre *Livre des records Guinness* restait silencieux malgré les exploits qu'il contenait. On aurait dit qu'il se souciait peu de ses camarades plus cultivés, lui qui attendait, tout doré de son état, de s'enfuir entre les mains d'un adolescent en mal de sensations. Il y avait aussi des poètes et des philosophes de tous les temps, ceux de Seghers, rarement réédités depuis : Breton et Berdiaev, Char et Chestov, De Cues et Desnos, et des oubliés tels que Guillevic, Pierre Jean Jouve ou Reverdy. Valéry et Michaud se montraient défraîchis. Avaient-ils été trop lus? Pouvait-on l'espérer... à Saint-Boniface?

V

— Monsieur Bédard! dis-je solennellement en entrant dans la librairie, lui servant le vous et le tu sans distinction : Je me demandais si tu pouvais passer un coup de fil aux organisateurs du Festival des écrivains. J'ai passé un entretien ce matin et j'ai l'impression que la balle ne roulera pas dans mon camp. Tu sais ce que c'est : tu affiches un intérêt pour l'emploi et on a l'impression que tu fabules.

— Je connais bien Suzanne au Festival. Je l'appelle cet après-midi.

VI

Sans travail depuis la fin de la maîtrise en études religieuses à l'Université du Manitoba, je refusais d'accuser quiconque de ce manque momentané d'emploi. Sans avoir bien saisi la démarche d'un universitaire qui n'en a rien à foutre des soucis pécuniaires, on m'accusait souvent d'avoir étudié Dieu : « Pas très payant comme carrière. » En effet, je ne pouvais pas m'en remettre à Dieu pour régulariser ma situation financière. D'ailleurs, j'allais bientôt tirer ma révérence avec ce personnage mythique. La lecture de la Bible m'avait laissé pantois, tandis que la patrologie m'éblouissait. La beauté de l'œuvre mystique de Saint-Bernard de

Clairvaux m'avait passablement fasciné (le mot est faible). Celle d'Hildegarde von Bingen aussi. Mais que de cafouillis historiques dans cette fichue Bible! Combien de textes apocryphes a-t-on refusé d'inclure dans le canon catholique? Les orthodoxes avaient compris les mesquineries des cathos. Dieu n'était pas un saint, encore moins son fils. Dire que l'on cache encore à la face du monde cette lettre que Jésus a écrite au roi Agbar souffrant de la goutte. Que de nuits penchées sur ce document unique, à saisir la négation — véritable conflagration de siècles d'épouvante — de l'image romantique de ce célèbre fils de Dieu. Le va-nu-pieds que l'on imaginait barbu annonçait sa venue au roi d'Edesse, afin que sa bienheureuse mystification puisse apaiser ses souffrances. Farfelu? Ne sait-on pas encore que la Bible qu'a connue Hugo, Rimbaud et Huysmans n'est pas la même que celle qui traînait chez mes parents à Sainte-Rose-du-Lac!

VII

— Entre-temps Félix, je dois m'absenter samedi. Je te serais bien reconnaissant si tu pouvais me remplacer pour la journée.

Ce genre de propositions avait le don de me faire plaisir. D'abord pour la confiance. Après tout, j'étais maître du bateau le temps d'une journée achalandée. C'est durant ces moments privilégiés que l'on comprend l'importance de ce lieu de culte parfumé à la pipe du propriétaire. Bien entendu les gens n'achètent pas toujours la marchandise. Mais qui parle de produits à vendre quand il s'agit de livre? Le livre est bien plus que cela. Une communion digne du plus pur amour. Et puis en fin de journée, Guillaume me laissait choisir un livre en guise de gratitude. Combien de fois ai-je reluqué ces éditions fossilisées, invisibles au commun des mortels, de livres non encore déchirés de leurs entrailles, comme le voulait la coutume de l'imprimeur d'autrefois?

VIII

Le samedi venu, la première édition de *La Montagne secrète* de Gabrielle Roy — à en faire rougir de grands lecteurs devant l'éternel, les plus Annette Saint-Pierre qui soient — m'attendait. J'avais déjà mis la main sur *Nipsya* d'Henri Doutremont quelques semaines auparavant, sachant bien que l'horticulteur Georges Bugnet, l'amant des roses, se cachait sous ce pseudonyme; un subterfuge récurant dans la littérature de l'Ouest, comme si pour exorciser l'ostracisme d'une micro société, il faille se vêtir de la fiction et jouer les hors-la-loi à la Jesse Janes.

— Que vois-je? Professeur Maillard quel plaisir de vous voir!

— Bonjour Félix. Monsieur Guillaume est absent aujourd'hui.

— De retour demain dimanche. Pardonnez-moi mon indiscrétion, mais... des... rumeurs de « démon du midi » font mention d'une nouvelle direction à votre vie... si je ne m'abuse. Vos étudiantes vous font-elles tant d'effet qu'il faille quitter l'épouse chérie pour les beaux yeux de Marilou?

Je me montrais plutôt importun avec le sans-gêne qui m'animait. Mais la référence à Serge Gainsbourg — à une attitude aussi, celle qui rend l'homme *moitié légume moitié mec* selon la chanson — l'avait fait sourire.

— Je ne savais pas que les nouvelles s'ébruitaient aussi *vitement*, comme dirait Apollinaire.

Le professeur Maillard aimait bien semer ci et là des références littéraires, plus par amour pour les auteurs que par vantardise; et puis n'est-ce pas le lot des passionnés de dégager la substantielle moelle de ce qui les anime, *animus / anima*?

— Vous ne lisez pas *La Liberté*?

— Quoi?

— Non franchement je blague. Disons que ce n'est pas tous les jours qu'un Jule quarantenaire courtise une Juliette de vingt printemps.

— En effet, mais nous parlons d'une femme ici et non d'une fillette. Tu sais Félix, il arrive un temps où la compagne qui vous tient le bras ne vous suit qu'à une certaine distance, comme si, main dans la main, l'amante s'éloigne d'elle-même. Je n'exclus pas les retrouvailles avec mon ex-épouse, mais soyons clairs : la vie ne vaut la peine que dans sa fraîcheur, comme une fraise. L'amour comporte une grande part d'agent de conservation, une dose de sucre et un peu de sulfite. Autrement dit : un vin canadien. Je n'avais plus envie de m'empiffrer de piquette.

— Mais l'appellation contrôlée devait-elle surgir d'une salle de classe?

Je m'enlisais dans un terrain vaseux. J'avais l'impression de dire tout haut ce que la majorité taisait. Son employeur ne semblait pas se scandaliser de l'affaire. Une histoire entre adultes. Mais il fallait connaître Geneviève, son ex-épouse. Une beauté, comédienne de surcroît, plus âgée cela va sans dire, mais d'une profondeur spirituelle qui ne mérite pas la comparaison avec une cuvée paysanne d'un vin de prunelles. Pourquoi me scandalisais-je des fastes de mon professeur de jadis? Je sentais que mon âme farfouillait dans la soupe du voisin d'à côté : admiration, jalousie, courage, comme de petits légumes, tourbillonnaient dans ma tête. Il était maintenant temps de « courir le guilledou » comme aimait bien me le répéter mon ami Bérésine.

IX

Je cherchais des réponses, là où les questions se répercutaient en écho de la vérité. Mon amitié avec Bérésine se soudait depuis le début de mes études. Un provocateur de l'instant ce cher Bérésine. Sa folie s'était présentée en moi sous forme de boutade empruntée à l'histoire politique de la Rivière-Rouge : « Les Métis sont des Canadiens français améliorés », disait-il en se référant à Louis Riel. Curieusement, on se fixait rarement rendez-vous. Le hasard objectif provoquait nos rencontres, comme il arrive si souvent à Winnipeg que les amis se rejoignent dans des lieux de fréquentation mutuelle. Hier encore, le bar le Canot catalysait nos énergies de jeunesse. Parfois le Foyer du Centre culturel était témoin de nos indéfectibles bouleversements. La vie s'évadait entre nos mains telle qu'on voulait la suivre parmi tous ces débordements. Notre duo avait de quoi étonner : des bêtes brutes de la vitalité. L'impossible jouait avec nous dans notre univers d'éternel enfant. Nos boîtes à jouets pleines de mots fourmillaient de désirs d'enlacement.

X

— Michel Deguy prononce une conférence à l'Alliance française ce soir, m'annonce Bérésine au téléphone.

— Pas Deguy. À lire les poèmes tarabiscotés qu'il est capable de dégobiller... et puis il ne faudrait surtout pas rater l'occasion de jouer les Godbout!

La référence à l'auteur de *Salut Galarneau!* m'a toujours fait sourire. Ce pique-assiette national s'était même vanté de son vice, dans son journal intime, à la faveur des coquetels; comme quoi les volutes de la consécration font parfois tourner à droite bien des gauchers.

XI

Il faut voir le scientisme du person-nage, mais surtout le visage pâle des intellectuels que Deguy laisse sans voix à la fin de sa présentation. Croit-il vraiment être compris avec le déferlement indécent de sa verbosité? Mais l'intérêt de la soirée est ailleurs... je m'enquiers de lancer le souhait d'usage à la demoiselle que Bérésine a vite repérée :

— Bonsoir. Félix Marchamps. À qui ai-je l'honneur?

— Natasha.

À dire vrai, empli de bonnes intentions, croyant savoir manier la verve comme pas un, la gent féminine me glace. Bérésine a tôt fait de reprendre le fil de la séduction.

— J'ose à peine me présenter; vos mains semblent enfanter la douceur de ce qu'elles touchent; vous tendre la main c'est déployer un plumard sur lequel il se fait tôt pour s'étendre; je me résigne à vous faire la bise.

Devant les belles dames, Bérésine se fait rarement pontife. Mais aujourd'hui, le ronflement d'un romantisme d'une autre époque semble lui porter fruit. Je me souviens d'un jour, à la sortie d'un colloque dans le corridor d'un hôtel, les pupilles bien aiguillonnées, Bérésine lançant à une Pandore anglo-saxonne son trait séducteur de service : « Vous parlez français? » De quelle naïveté se chauffaient ces pauvres Anglaises devant ce miroir de l'admiration que renvoi la fierté trompeuse du « parler français »? Bien entendu, la remarque fut accueillie d'un « oui » d'allégresse. Que de numéros de téléphone se campent discrètement dans les carnets de ceux qui savent associer la beauté féminine aux clichés de cette France de la baguette, du fromage et du vin!

— Accepteriez-vous de nous accompagner, avance Bérésine devant une Natasha décontenancée par la désinvolture de mon ami.

— Je te remercie, mais je ne connais même pas ton nom?

— Appelle-moi souvent. Et si je suis absent, laisse un message pour... Bérésine.

D'une souplesse qui fait courber le dos, il venait de lui tendre sa carte de visite à celle qui le tutoyait déjà.

XII

Je n'avais pas le sens de l'à-propos des amis que je fréquentais. Je glissais sur les balbutiements sans éclats de ma jeune vie d'adulte, ne sachant trop où porter le pied. Le plus souvent, je suivais — mouton biblique — les égarements que me proposait Bérésine. Je cultivais avec lui les souvenirs les plus intenses, ceux qui nous menaient sur les trottoirs dangereux de la rue Portage à trois heures du matin, récitant à tous les bougres éveillés le poème de Schiller qui fait la grandeur de la neuvième de Beethoven. Il me fallait un emploi. Encore que là n'était pas l'essentiel. Je rêvais d'une petite blonde bien rangée. Et encore. Je cherchais le naturel de ma vie, dans un pays où l'on me refusait la parole. Celle de ma langue bien entendue.

XIII

Je refusais l'accommodement à l'hégémonie de mes confrères et néanmoins amis de cette autre langue que je ne côtoyais plus, malgré son omniprésence. « Je ne suis pas bilingue », me disais-je à moi-même, moi qui avais appris la varicelle shakespearienne durant mon plus jeune âge. Mes parents avaient assisté à la « seconde naissance du Canada » comme aimait me le rappeler mon père. À cette époque, le Dieu canadien était un « gentlemen hollywoodien », disait-on. PET, pour les intimes. Une flatulence historique dont les odeurs prendront encore du temps à se dissiper. Je vivais pleinement le malentendu de mes origines. Je croyais partager un héritage historique qui confirmait mon appartenance à une nation, à une culture. Mais la mémoire des miens jouissait de son amnésie assimilatrice. Peut-on leur en vouloir? Il est sans doute plus facile de vivre insouciant. J'étais atteint de la maladie du bon bramin. L'ignorance et la curiosité m'accablaient. Avais-je le droit de me placer au-dessus du « bétail ahuri » de mes frères? Combien de fois ai-je préféré l'état d'une pierre? Je m'égarais, triste de ce qui m'attendait. Seule la valeur de mon déchirement me rendait quelques bonheurs; je devais ma survie à la poésie.

XIV

automne de la déconvenue

feuilles mortes du grand souffle court

je m'intime à moi-même

doloroso

je ne suis pas si seul que cela

porte de la présence au monde

« si vivre est exister,

exister

n'est pas nécessairement vivre. » [1]

---

[1] Senancour, *Oberman*, 1804.

XV

Je pris donc la décision de travailler mon regard. L'observation me rendrait peut-être au chemin discret de la déconfiture. Je voulais vivre. Je donnais ainsi de la valeur à l'œil vif. Que de lèvres à reluquer? Chez elle et elle et elle, quatre, donc douze. Je ne voulais plus me raconter des histoires. À quoi sert le moralisme dans lequel ma jeune vie baigne, églantine aveuglée. Laisser le tout corps de mon être *à vau de la vie qui va.* Chaque touche, chaque pas de ma fixation : éveil renouvelé. Ne juger de l'intensité que par le brûlement intérieur. La délinquance, aussi drogue soit-elle, aussi *rock and roll* plaît-il, la délinquance de la quinzaine d'années peut être bien plus vivante que la plus rémunératrice des vies de crapaud. Vieillard écumant dans sa chaise berçante refait le monde plusieurs fois par jour. Tel est dorénavant mon point de repère.

LITTERARUM VIRUS

FAUT-IL SE SURPRENDRE QUE JE SOIS un fanatique de la lecture. C'est en partie mon métier, je suis libraire depuis trois ans dans une librairie de la rue Marion à Saint-Boniface au Manitoba. Si je vous en parle, c'est que ça ne va pas du tout. J'en ai glissé un mot à Maryse, ma collègue, et elle est du même avis. Il faudra agir et s'en débarrasser. Je ne parle pas de meurtre, enfin, oui, peut-être. Ça commence avec un romancier que je ne peux pas sentir. Il est né à Cap-de-la-Madeleine, mais il n'est pas là le problème. Le problème, le fameux problème et je me dis qu'au fond vous pourriez peut-être m'aider, ce sont ses personnages. Une en particulier. Elle est scientifique et travaille au laboratoire de microbiologie de Winnipeg. Je sais que ça paraît absurde, mais je ne peux plus subir son harcèlement.

Le tout commence à la lecture du roman *Le virus*. Je l'avais lu après que l'auteur ait remporté le Prix Rue-Deschambault. D^{re} Melody, c'est son nom, m'avait invité à participer à une expérience scientifique qui permettait de développer mes qualités extra-sensorielles et mes facultés intellectuelles. Les explications se retrouvent au troisième chapitre du roman si vous ne savez pas de quoi je parle. Une compensation financière m'avait été offerte et j'ai eu de la difficulté à refuser. Je me suis présenté à la clinique de D^{re} Melody toutes les semaines pendant trois mois. J'ai reçu une foule de piqûres et je croyais bien que mon corps profitait de ces avancées technologiques. Elle m'avait expliqué que le virus servait de messager à de nouvelles substances et que ses recherches serviraient à doper les militaires canadiens. Autant dire que je n'y comprenais pas grand-chose, jusqu'au jour où le fameux écrivain franco-manitobain, dont je tairai le nom, publia la suite du roman (mais ai-je besoin de le taire?). De fait, il s'agissait d'une suite sous la forme de poèmes. Un petit recueil carré qui contenait des aphorismes, c'est ça, pas des poèmes, des aphorismes. J'ai tout de suite compris que j'avais été trompé. Le virus ne pouvait pas fonctionner. J'étais carrément tombé dans un problème de fiction. Tout était faux. Mais la D^{re} Melody me sollicitait continuellement.

Un jour, c'est Maryse qui a répondu au téléphone à la librairie. Elle avait aussi lu le roman et trouvait curieux cette omniprésence des personnages dans le monde réel, ce passage de la fiction à la réalité. Surtout que le romancier en question n'avait jamais vraiment écrit de roman, il était connu pour ces poèmes verbeux. Je vous le donne en mille, c'est le poète Laurent Poliquin. Voilà, vous pourrez vérifier par vous-même tout ce que j'avance. La D^{re} Melody essayait de me faire comprendre qu'il ne fallait pas que je me fie à ce que son auteur avait écrit. « La réalité de la fiction dépassait la fiction de la réalité » m'avait-elle expliqué dans son laboratoire. Peu importe, je commençais à interpréter son harcèlement autrement. Je m'étais même mis à lire des romans de J.R. Léveillé pour voir si ses personnages ne pouvaient pas lui faire concurrence. Rien à faire, les personnages des romans de Léveillé refusaient de ce livrer à ce jeu et d'assumer une nouvelle mission autre que textuelle. Je m'en étais plaint à l'auteur. J'avais beau lui expliquer que ces personnages n'avaient rien à cirer de ses épanchements intertextuels et qu'il fallait qu'il accepte la mort de l'auteur telle que l'avait annoncé Roland Barthes. La relation des personnages et des lectures pouvaient conduire à de la confusion, voire à des épanchements sexuels bien réels. Ça c'était connu, depuis le Marquis de Sade, enfin depuis Sappho aimait-il me corriger. Peu importe, j'insiste, la D^{re} Melody est entrée dans ma vie et elle doit en sortir. Ma collègue croyait que j'étais atteint de bovarysme, cette espèce d'insatisfaction fictionnelle teintée de mélancolie. Mais elle avait tout faux, puisque rares sont les personnages qui font sonner le téléphone, et puis j'avais bien reçu de l'argent pour ces traitements expérimentaux qui avaient infligé une multitude de piqûres à mon bras. Je sentais s'étourdir en moi une folie romanesque. Le virus qui m'avait été inoculé aurait pu causer ses écarts entre réalité et fiction. Je n'ai pas cru bon d'en parler à l'auteur du roman, jusqu'au jour où il se pointe à la librairie :

— Bonjour, je suis venu rencontrer Charles Baribeau.

— C'est moi-même. Que puis-je faire pour vous?

— C'est la D^{re} Melody. Elle m'envoie vous demander de lui servir d'interprète. Son anglais lui fait défaut et elle doit présenter ses travaux à un comité de la défense nationale.

Franchement, savait-il qu'elle me harcelait sans cesse afin que je poursuive mes traitements. Croyait-il que j'allais l'aider à traduire ses élucubrations scientifiques?

— Désolé, Monsieur Poliquin, mais je suis troublé de recevoir cette demande. Êtes-vous sûr qu'il s'agit bien du personnage de votre roman. Depuis quand un personnage vous fait ce genre de demande?

J'étais un peu fatigué avec cette histoire et je croyais bien faire en lui retournant sa folie. Après tout, il est aussi responsable de mes malheurs.

— Vous ne comprenez pas, insista-t-il. Rappelez-vous le *Passe-muraille* de Marcel Aymé. Les expériences de la D^{re} Melody n'ont rien à voir avec vos facultés intellectuelles, à moins que vous admettiez qu'elles puissent vous permettre de traverser la matière.

J'ai coupé court à la conversation qui versait dans une science-fiction de mauvais goût. Ce n'est que le lendemain que m'est venue l'idée de prendre, comme on dirait, les grands moyens. Curieusement, Maryse s'est toute de suite proposée de m'aider.

***

— Charles? Je ne vous attendais pas. Je croyais que vous ne vouliez plus me parler, déclara-t-elle étonnée de ma présence dans son laboratoire.

— D^{re} Melody, je vous présente Maryse, une collègue de la librairie. Connaissez-vous Laurent Poliquin?

— Oui, je le connais de nom surtout.

Il écrit de bons livres à ce qui paraît?

— Faites attention, il vous connaît. Il a laissé entrevoir de vous supprimer et je voulais vous prévenir.

— Plaît-il? En êtes-vous sûr?

— Il dit que vous avez la capacité de traverser la matière, enfin si j'ai bien compris. Et comme il s'intéresse à la littérature, il ne comprend pas vos pouvoirs de transmutation et les trouve particulièrement dangereux.

Je lui racontais un peu n'importe quoi, question de faire porter le fardeau sur son auteur et non sur ses lecteurs. Pendant que je m'entretenais avec la docteure, Maryse avait réussi à mettre la main sur une substance intéressante, du pentobarbital de sodium. À forte dose, cet anesthésiant pouvait causer la mort. La question était de savoir s'il pouvait aussi agir sur un personnage de fiction. Maryse m'avait convaincu d'essayer. C'est là qu'assis à une chaise, nous nous sommes saisis de la docteure et la seringue que nous avions apportée s'est chargée du travail. Glissée dans sa main, elle s'est gentiment incrustée en elle. Jusqu'au moment où elle s'est mise à nous parler.

— Ça sera votre tour après, a-t-elle déclaré.

C'est à ce moment qu'on s'est enfui. Comment admettre qu'une seringue se mette à parler? Qui nous croirait? On l'a vite compris, Maryse et moi, quand le jury nous a condamnés. On avait tout perdu. Ce n'est pas tout à fait vrai, puisque nous nous étions découvert un attachement amoureux que je ne peux pas expliquer. Jusqu'au jour où on nous a fait comprendre que le jury en question était littéraire et que nous avions perdu une bourse du Conseil des Arts. On s'est donc remis à lire. Peut-être même à écrire, mais ce n'est pas clair.

« Le chemin de la déconfiture » a d'abord paru dans le numéro 45 de la revue *Virage* à l'automne 2008.
« Litterarum virus » est inédit.

www.laurentpoliquin.org